KB117987

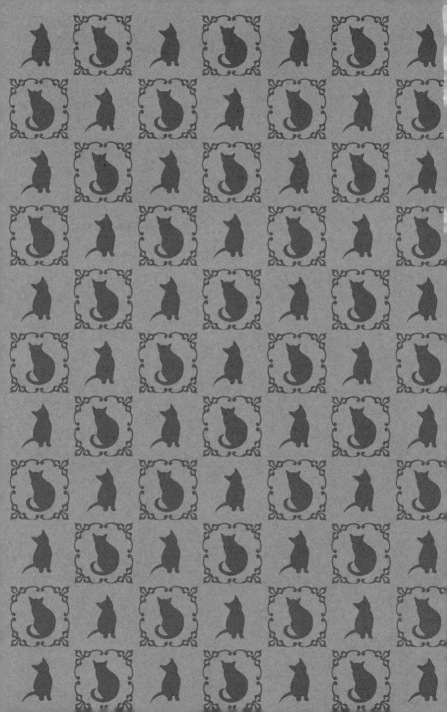

고양이와 더불어

CONCATENATION
by Yvonne Skargon

Copyright ⓒ Yvonne Skargon, 2000
Korean Translation Copyright ⓒ MUNHAKDONGNE Publishing Corp., 2007

This Korean edition is published by arrangement
with Yvonne Skargon through Duran Kim Agency.
All rights reserved.

이 책의 한국어판 저작권은 듀란킴 에이전시를 통해
Yvonne Skargon과 독점 계약한 (주)문학동네에 있습니다.
저작권법에 의해 한국에서 보호를 받는 저작물이므로
무단 전재 및 무단 복제를 금합니다.

이 도서의 국립중앙도서관 출판시도서목록(CIP)은
e-CIP 홈페이지(http://www.nl.go.kr/cip.php)에서 이용하실 수 있습니다.
(CIP제어번호: CIP2007000252)

고양이와 더불어

이봉 스카곤 지음 ✥ 장은수 옮김

문학동네

명백한 사실
평범하지만 사랑스러운 한 고양이로부터

보세요, 매력적인 제 미소를.
아무도 저항할 수 없답니다.
저는 놀라운 사실 하나를 발견했어요.
그건 말이죠, 제가 살아 있다는 거예요.

그리고 또 한 가지,
바로 지금 말하려는 건데요,
이 세상이 너무나 풍요로워서
당신 역시 살아 있다는 거예요.

첫번째 것도 두번째 것도 멋져요,
그러나 가장 멋진 것은 세번째랍니다.
그건 말이죠, 제가 당신에게 미소 지을 때
당신 역시 미소로 답해오는
바로 그 순간이죠.

루스 피터, 「가뭄의 끝」

시인의 고양이, 시인이라면 누구나 탐낼 만큼
점잖고 진지한 한 고양이가
조용히 들어가 쉴 수 있는 은둔처를
온종일 찾아 헤맨다.
쥐구멍처럼 안전한 곳에서 그는
휴식을 취하거나 꼼짝 않고 생각에 잠긴다.
그 습관은 어디서 비롯된 것일까?
애초에 자연이 그토록 강고한 철학을 심어놓은 것일까,
아니면 시인으로부터 배운 것일까?
때로 그는 훌쩍 사과나무나 배나무에 올라가
나뭇가지 사이에 평화롭게 앉아
정원사가 일하는 모습을 내려다본다.
때로 더 안온한 곳을 찾아
빈 물통 속으로 들어가기도 한다.
부채만 든다면,
요정들과 함께 마차를 타고 궁정으로 직행해도 좋을,
그런 모습으로.

윌리엄 쿠퍼, 「늙은 고양이」

우리 고양이는 쥐를 먹지 않는다. 그냥 먹고 싶지 않은 것이다. 재미 삼아 쥐를 잡았다가 싫증나면 그냥 풀어주고 몽상에 빠진다.

아무 일도 없었다는 듯, 꼭 쥔 주먹처럼 몸을 돌돌 말고 천진난만하게 앉아 있는 모습이라니.

하지만 그 날카로운 발톱 때문에 쥐는 죽고 만다.

나는 늘 당부한다.

"쥐는 잡더라도 새는 손대지 마!"

하지만 말처럼 쉬운 일이 아닌지, 가끔은 정말 온순한 고양이조차 사고를 칠 때가 있다.

쥘 르나르, 『여우와 사냥하기』

우정은 인생을 지탱해준다. 사랑하고 사랑받는 것, 그것은 존재의
크나큰 행복이다.

시드니 스미스, 『홀랜드 부인의 회고록』, 1885

고양이는 전 세계 거의 모든 나라에서 나고 자란다. 애초에 모두 야생이었던 고양이들은 결국 인간에게 길들여지고 말았다. 하지만 그들은 맹수이다. 들고양이는 말할 것도 없고 애완 고양이까지도. 사람들 말처럼 어찌 되었건 그들은 작은 '사자'인 것이다.

윌리엄 샐먼, 『영국 의사 혹은 약제사』, 1693

야옹아! 전성기를 지나온 불굴의 고양이야,
그 좋은 시절 얼마나 많은 쥐를 잡아먹고,
얼마나 많은 새를 해치웠니?
투명하면서도 나른한 그 녹색 눈으로 노려보고
벨벳처럼 부드러운 귀를 쫑긋 세우렴.
하지만 숨겨진 발톱으로 나를 찌르지는 말렴.
대신 너의 부드러운 울음소리를 들려주렴.
그리고 네가 잡아먹은 그 모든 물고기와
생쥐, 새끼 새들에 대해 말해주렴.
아니, 아래는 보지 마. 그래, 발목을 핥지도 말고.
천식에 걸려 헐떡거리고 꼬리 끝이 떨어져나가고
수많은 하녀들이 쥐어박았어도 너의 그 털은
우유병 사이를 지나다니던 어린 시절만큼이나 보드랍구나.

존 키츠, 「레이놀즈 부인의 고양이에게」

고양이는 생선이라면 사족을 못 쓴다. 그들이 가장 좋아하는 먹이는 생선이다. 그러나 자연은, 누군가의 도움 없이는 도저히 채울 길 없는 욕망을 고양이에게 불어넣은 것 같다. 네발 달린 짐승 중, 물에 접촉하는 것을 제일 끔찍해하는 게 바로 고양이이기 때문이다. 그들은 피할 수만 있다면 발을 적시려고도 물에 뛰어들려고도 하지 않는다.

길버트 화이트, 『셀본의 박물학과 고대 유물들』, 1770년 5월 12일자 기록

앨리슨의 소설 『외국에서 생긴 일』을 텔레비전에서 보게 될 것 같다. 그라나다 프로덕션이 제작을 고려하고 있다는데, 잘 만든다면 재미난 드라마가 될 것이다. 으레 그렇듯이 소설에서 제일 좋은 요소들이 빠지거나 혹은 잘못 해석될 위험이 있지만 말이다. V와 나는 앨리슨이 얘기해준 '파티 고양이'에 관한 에피소드를 무척 좋아했다. 앨리슨은 다이애나 핍스가 주최하고 유명인사 열여섯 명이 모인 호사스런 파티에서 놀라운 광경을 보았다고 했다. 만찬이 끝나갈 무렵, 집 주인의 고양이가 갑자기 식탁 위로 뛰어올라 남은 음식을 맛보고 손님들과 대화를 나누면서 마치 그 자리의 주인인 양 식탁을 가로질러 다니더라는 것이다. 미국에서라면 모든 사람이 아연실색했을 거라고 그녀는 흥분해서 말했다. 우리는 앨리슨에게, 여기서는 그 정도 가지고는 아무도 신경 쓰지 않으며, 오히려 고양이가 아주 영리하고 재미있는 짓을 했다고 감탄하는 이도 있을 거라고, 그리고 틀림없이 자기 집 고양이한테도 그런 식으로 손님 접대를 시켜볼 거라고 말했다. 하지만 앨리슨은 우리가 아무리 말해도 믿으려 들지 않았다.

앤서니 파웰, 『일기 1982~1986』, 1985년 5월 23일자

"모든 규칙을 다 기억하라는 건 아니야."
제니가 설명했다.
"단 하나만 잊지 않으면 돼. 첫번째 규칙, '조금이라도 미심쩍을 땐
—씻어라!'라는 것 말이야."

폴 갈리코, 『제니』

쥐들이 모여서 회의를 했다.
고양이를 피하는 방법을 의논하기 위해서였다.
누구는 이렇게 하자고 하고,
또 누구는 저렇게 하자고 하고 말들이 많았다.
마침내 어린 쥐 하나가 용감하게 외쳤다.
"고양이 목에 방울을 달아요.
그러면 그가 모퉁이를 돌아올 때 소리가 나겠죠.
그때 우리 모두 숨으면 되잖아요."
만장일치의 박수가 쏟아졌다.
그때 한 나이 든 쥐가 일어서더니 조용히 말했다.
"다 좋아. 그런데 누가 방울을 달러 갈 거지?"
아무도 손을 들지 않았다.

「고양이 목에 방울 달기」, 『제임스 미치가 다시 쓴 이솝 우화』

실로 중요한 것은 살아 있는 주님과 함께하는 것
주의 집에서 그의 피조물로 사는 것.

의자 위에 잠든 한 마리 고양이처럼
평화롭게, 평화 안에서
주인과 하나 되어
가정 안에서, 생기 충만한 집 안에서
화롯가에서 잠들고, 벽난롯가에서 하품하는 고양이처럼.

살아 숨쉬는 세상의 중심에서 잠들고
삶의 온기와 더불어 하품을 하고
살아 있는 주의 존재를 느낀다.
마음으로부터 우러나오는 깊은 고요, 크나큰 안도감처럼
생명 충만한 집,
그 식탁에 앉아
내면 깊숙이 더 위대한 자신을 느끼는
주인의 존재처럼.

D. H. 로렌스, 「평화」

눈이 내린다. 눈송이는 꽃들 위로 살포시 쌓이기도 하고 동물의 따뜻한 등 위로 내려앉아 천천히 녹아내리기도 한다. 동물의 등이 눈송이가 남긴 물기로 어룽어룽하다. 맥스는 진저리 치며 밖을 내다본다. 겨울이 온 것이다. 그는 부엌에서 제일 푹신하고 따스한 의자를 골라 앉는다. 맥스의 초록빛 눈이 감긴다. 고양이 시중을 들게 하려고 인간을 창조하신 신께 감사 기도라도 올리는 듯이……

로널드 블라이스, 『워밍포드 이야기』

……그는 특히 봄의 정원을 사랑한다……
숨기도 좋고 틀어박혀 있기도 좋다. 누워서 햇볕을 맘껏 쬘 수 있는 화단도 있고 무더울 때 찾아갈 시원한 그늘도 있다. 땅이 온통 축축할 때에도 주목(朱木)과 감탕나무 밑은 늘 보송보송 말라 있다. 점나도나물이 만발한 화단은 침대로 안성맞춤이다. 종종 그가 거기 있는 걸 본다. 꽃들에겐 안됐지만 솜털 같은 풀 위에서 더더욱 돋보이는 그의 모습에 찬탄하지 않을 수 없다. 아름답고 풍성한 줄무늬 바탕에 검정 음영이 도드라진 털이란!
이제 그는 늙었다. 산책로를 어슬렁거리는 그는 너무 뚱뚱해서 고양이 특유의 날렵한 아름다움은 온데간데없다. 하지만 그건 걷고 있을 때 이야기이다. 앉아 있을 때나 몸을 둥글게 말고 모로 누워 있을 때에는 누구도 그를 늙은 뚱보 고양이라 부르지 못할 것이다.

거트루드 지킬, 『아이들과 정원』

그때 뮤사가 눈을 떴다. 어스름이 깔릴 무렵이었다.
자신들의 지저귐에 맞춰 등장한 그녀를 보자
검은지빠귀 한 마리가 미쳐 날뛰고
작은 나방들은 술 취한 듯 거세게 소용돌이친다.
관목 숲에선 뒤쥐가 별것 아닌 소리에 놀라 법석을 떤다.
뮤사의 등 뒤, 환한 주방에서 무언가를 튀기는 소리가 들려왔다.
잠시 생각해본 뮤사는 대구라고 결론을 내린다.
뮤사의 자궁 속에서 어린 것이 편히 누우려 몸을 뒤챘다.
뮤사여, 배불리 먹으렴.
자기 전에 우유도 한 모금 곁들이렴. 그건 해롭지 않단다.
뮤사여, 너희 모자가 잠들 곳도 직접 고르렴.
모든 게 잘될 것이다. 그러므로 그녀는 아침이 두렵지 않았다.
뮤사는 바스락거리는 잡목 숲을 거닐거나 들쥐와 그루터기 사이를
서성대는 꿈을 꾸었다.
바싹 마른, 거대한 달이 뜨는 시월이었지만,
무성한 풀들이 그녀의 사냥에 장막이 되어주고

부드러운 이슬로 그녀의 흰 벨벳 가슴을 흠뻑 적실 오월의 아침과,
여름날의 낚시 여행을,
그리고 아늑한 벽난로와 푹신한 침대가 있는 겨울날을 꿈꾸었으니.
그녀의 아이들은 두더지와 굴뚝쥐,
그리고 모든 해로운 것들의 사냥꾼이 되리라.
신성한 여인이여, 그대는 이미 신화가 되었으니.

루스 피터, 「신성한 뮤사—윌리엄 블레이크에 부쳐」

이 짐승은 놀라울 정도로 재빠르다. 사자처럼 뛰어 먹잇감을 덮친다. 그리하여 들쥐를 비롯한 온갖 종류의 쥐와 새를 사냥한다. 뿐만 아니라 생선까지 먹는다. 생선이야말로 그들이 제일 좋아하는 먹이이다. ……이 짐승의 사랑스런 천성을 따로 설명할 필요는 없다. 녀석들은 사람 다리에 몸을 스윽 부비면서 애교를 부린다. 또 목소리를 다양하게 바꾸는데, 뭘 달라고 하거나 불평할 때, 기쁨과 즐거움을 표현할 때, 음조를 달리하면서 각기 독특한 소리를 낸다. 그들이 아양을 떨

때, '하악' 하며 뭔가를 위협할 때, 헐떡이고 으르렁거릴 때 내는 소리는 모두 독특하다. 이 짐승에게는 자기네끼리 통하는 나름의 언어가 있다고 보는 사람들이 있을 정도다. 녀석들이 애원하고 놀고 뛰고 보고 붙잡고 앞발을 휙 쳐들고, 눈앞에서 흔들리는 줄을 따라 일어서기도 하는 모습, 때로는 기고 때로는 누워서 한 발로 장난치는 모습, 가끔은 엎드려서 입이나 발로 뭔가를 낚아채는 모습, 잡다하게 움직이는 인간의 손을 제외하고는 뭐든 붙잡으려는 동작들. 이 전부가 얼마나 매력적인가를 새삼 강조할 필요는 없다. 코일리우스는 중요한 일과 학업으로부터 벗어나 이 짐승과 함께 장난치고 노는 것을 부끄러워할 필요가 없다고 했다. 여가 시간을 보내는 한 방법으로 볼 수 있다는 것이다.

에드워드 톱셀, 『네발 동물의 역사』, 1607

……새끼 고양이 중 한 마리가 귀머거리여서 우리가 기르게 되었다. 그 고양이는 이름이 없었는데 우리 아버지에 대한 헌신적인 애정 덕분에 하인들 사이에서 '주인님의 고양이'로 불렸다. 그는 늘 아버지 곁에 있었다. 아버지가 정원을 거닐면 강아지처럼 따라다녔고 글을 쓸 땐 곁에 앉아 있곤 했다. 어느 날 저녁이었다. 우리 모두 무도회에 가고 '주인님'과 그의 고양이만 거실에 남아 있었다. '주인님'이 조그마한 탁자에서 책을 읽고 있는데 갑자기 촛불이 꺼졌다. 책이 무척 재미났던지라 아버지는 초에 불을 붙이고 애정을 갈구하는 눈빛의 고양이를 한번 쓰다듬어준 뒤 다시 독서에 열중했다. 얼마 지나지 않아 또 방이 어두워졌다. 그 순간 아버지는 믿을 수 없는 일을 목격하고 말았다. 고양이가 자기 발로 촛불을 끄고서 아버지를 향해 호소하는 눈길을 던지고 있었던 것이다. 두번째 보낸 이 명백한 암시는 받아들여졌고, 고양이는 간절히 원하던 애무의 손길을 얻어냈다. 다음날 아침, 식탁에서 아버지는 우리에게 몇 번이고 그 이야기만 되풀이해 말했다. 아버지는 그 사건에 완전히 사로잡혀버렸던 것이다.

메리 안젤라 메미 디킨스, 『내 기억 속의 아버지』, 1876

저는 밧모 섬에서 "오, 왕국의 멸망이 다가왔도다"라는 예언을 하고 묵시록을 썼던 성 요한처럼 생겼지요. 하지만 제 곁에는 그가 상상조차 못했을 만큼 귀여운 동물들이 있답니다. 보세요, 검은 수염과 검은 다리를 지닌, 반다이크 풍의 고양이 파타판을요! 당신도 파타판을 본다면 충성심으로 유명한 영국 서부의 명문가 출신일 거라고 확신할 겁니다.

호러스 월폴이 오서리 부인에게 쓴 편지, 1742년 7월 14일

무릇 예술가의 상상력은 제한된 자료만으로도 전부를 재구성할 수 있어야 한다. 자신이 기르던 고양이를 모델로 호랑이를 그렸던, 저 들라크루아를 보라.

앙리 드 몽테를랑, 『여신, 키프리스』, 1944

약 일주일 전쯤 신문에 실렸던 이야기이다.

고양이에게 엄격한 식사 예절을 가르쳐온 신사가 있었다. 그는 종종 먹다 남은 생선을 고양이 밥그릇에 던져주곤 했다. 어느 날 저녁, 식사시간이 되었는데도 고양이가 보이지 않아 의아해하고 있는데 잠시 후 고양이가 나타났다. 그런데 혼자가 아니라 두 마리의 다른 동물과 함께였다. 고양이가 신사의 접시와 자기 밥그릇에 한 마리씩 얌전히 내려놓은 그 동물은 다름 아닌 생쥐였다고 한다.

비어트릭스 포터, 『비어트릭스 포터의 일기 1881~1897』, 1884년 1월 27일자

도시 조경에 방해가 되는 것을 순서대로 꼽자면 다음과 같다.

첫째, 담벼락.

둘째, 공기.

셋째, 고양이.

넷째, 흙.

……

고양이는 조경사의 마음을 갈기갈기 찢어놓을 수도 있다.

프랜시스 에벌린, 시턴 부인, 『우리 도시의 정원』

……학식이 풍부하고 재치 넘치는 몽테뉴는 고양이에 대해 그답게 거침없이 말했다.

"나와 내 고양이가 빤히 보이는 속임수를 쓰면서 서로 재미있게 해줄 때 말이야, 그러니까 끈을 가지고 논다든지 할 때, 어쩌면 내가 더 이리 뛰고 저리 뛰며 고양이를 즐겁게 해주려고 애쓰는 건지도 모르겠네. 고양이도 나처럼 언제 놀이를 할지 안 할지를 제 뜻대로 결정하는데 과연 그를 단순하다고 할 수 있을까? 글쎄, 우리가 더 잘 합의할 수 없는 건 어쩌면 내가 고양이의 언어를 이해하지 못하기 때문이 아닐까? 고양이들끼리는 분명 서로 의사소통이 되니까 말이야. 게다가 우리 고양이가 나를 같이 놀기엔 너무 멍청하고 한심한 인간이라고 생각하고, 심지어 자기를 재미있게 해주고 있다고 내가 착각한다며 나를 비웃고 있을지 누가 알겠나?"

아이작 월턴, 『조어대전(釣魚大全)』

나이가 들수록 유머 감각이 좋아지는 건 사실이다. 경험을 통해 향상된다고 할까. 젊을 때는 자신이 제일 중요하고 또 매사에 너무 진지하다. 나이가 들어야 자신이 별것 아님을 깨닫고 사소한 것에도 관심을 기울이게 된다. 그렇게 여유로워지면 인생은 좀더 즐거워진다.

제임스 보스웰, 『새뮤얼 존슨의 일생』

내가 집에 갈 때까지 남편이 도착하지 않았으면 좋으련만! 그래도 혹시 그이가 먼저 도착하면 네가 할 일이 하나 있어. 고양이 말이야. 죽어버리면 얼마나 좋을까! 하지만 내가 직접 고양이의 명을 재촉할 수도 없잖아. 너도 알다시피 불쌍한 우리 강아지가 그 고양이를 좋아했으니까. 아무튼! 그 고양이는 Mr. C가 밥 먹을 때마다 옆에 붙어 있단 말이야(그 고양이는 담배 냄새 따윈 신경도 안 쓰니까!). 그러면 Mr. C는 고기 조각이나 우유를 먹이지. 대신 난로 앞의 깔개와 카펫은 앞으로도 계속 엉망이 될 테고 말이야. 고양이가 저지른 짓들을 남편에게 보여줬지만 콧방귀도 안 뀌더군. 전혀 안 믿는다고. 식당 카펫이야 낡고 흉해서 남편과 입씨름할 가치도 없지만, 새로 산 멋진 식탁보는 얘기가 다르지. 고양이가 물어뜯도록 두고 보지만은 않겠어. 그래서 네가 할 일이 뭐냐면, Mr. C가 밥을 먹거나 차를 마실 때 고양이를 어디 가두어놓는 거야. 만약 그이가 고양이를 찾으면 내가 시켜서 그랬다고 말해. 남편은 그 고양이가 얼마나 이기적이고 부도덕하며 무례한 짐승인지 모르고 있어. 카펫마다 무슨 짓거리를 해놓았는지는 당연히 모르고!

제인 웰시 칼라일이 하녀 제시에게 쓴 편지, 1865년 8월 19일

고양이는 자신의 목적에 맞는 한에서만 길들여진다. 나가라거나 들어오라는 명령을 따른다든지 줄에 매이거나 개집 같은 데에서 자지는 않을 것이다. 그들은 인류와 오랜 세월 접촉해오면서 외교술을 발달시켰다. 주변 사람의 비위를 맞추는 점에서 보자면, 중세의 추기경들도 크림 접시를 앞에 둔 고양이보다 낫다고 볼 순 없다. 하지만 고양이는 천진한 애교와 상냥한 붙임성, 벨벳처럼 보드라운 발을 단 한순간에 거두어들인다. 그리고 불가해한 그들은 인간적인 요소라고는 찾아볼 수 없는 저 지붕과 굴뚝의 세계 속으로, 침착하고 싸늘하게 사라져버린다.

헥터 휴 먼로(필명 '사키'), 『네모난 달걀』

당당하고 상냥하고 귀족적이면서도 겸손한 친구
여기 내 곁에 앉아,
고개 돌려 찬란한 눈동자로 웃네,
타오르는 황금빛 눈,
나는 그 황금빛 페이지에서 사랑을 읽네.
그것은 빛나는 보상.

짙게 윤기 흐르는
놀랍도록 풍성한 너의 털,
한밤중의 구름과 달빛처럼
비단결 같이 밝고 부드러운 너의 털.
나는 너에게 숭배의 손길을 보내고
너는 나에게 더 친밀한 상냥함으로 보답하네.

개는 다가가는 모두에게 알랑거리지만
고결한 영혼의 벗이여, 너는
오직 고독한 친구들에게만 다정하구나.
내 손 위에 놓인 너의 발은 살며시
이해한다 말하는구나.

앨저넌 찰스 스윈번, 「고양이에게」

그날 밤 열두시쯤 자러 갈 때 저는 토스를 찾지 못했어요. 보통 토스는 저희와 함께 벽난로 옆에 앉아 있곤 했는데 그날은 보이지 않았어요. 그런데 이층 침실 문을 여니까 토스가 침대 위에 똑바로 앉아서 절 기다리고 있는 게 아니겠어요. 토스는 난로가 없는 침실에서는 절대 안 자는데 그날은 플루를 찾아다니다가 거기까지 온 거였지요. 토스는 제 옆에서 몸을 말고 자다가도 밤중에 제가 깨면 그때마다 벌떡 일어나서 뚫어지게 절 쳐다보더군요. 제가 다시 누우면 자기도 몸을 돌돌 말고 눈을 감고요. 그렇게 다음 날 아침식사 시간이 될 때까지 곤히 잤답니다.

토스는 참 흥미로운 고양이예요. 저희가 하루 두 번만 고기를 주고 있다고 해서 토스에 대한 사랑이 식은 건 아니랍니다. 고기를 너무 많이 주면 토스의 허약한 폐에 염증이 생길지도 모른다는 생각에 양을 줄였을 뿐, 날이 갈수록 토스에게 빠져들고 있어요……

……문 앞에서 절 부르는 토스의 귀여운 목소리가 들리네요. 아침에 토스가 하는 일련의 활동은 굉장하죠. 토스는 잠을…… 방금 토스가 제 무릎 위로 뛰어올라 이 편지지에 북슬북슬한 꼬리털을 잔뜩 문혀 놔서 결국 토스를 바닥에 내려놓았어요. 토스가 꼭 거실의 벽난로 앞 안락의자에서 잔다고 말할 참이었어요. 아침에 하인들이 두런거리는 소리가 들리면 토스는 아래층으로 내려갔다가 쫓겨와요. 그렇게 다시 이층으로 올라와서 일곱시 반만 되면 늘 엘리자와 함께 플루의 방으로 들어간답니다. 그런 다음 제 방문 앞에서 야옹거리는데, 자기에게 별 관심을 보이지 않은 채 책을 보거나 글을 쓰고 있으면, 그날 하루 다시없을 애정공세가 오 분간 펼쳐지죠. 기분 좋은 듯 가르랑거리고 빙빙 곁을 맴돌기도 하고 무릎 위로 뛰어올라 코와 머리를 제 턱에다 비벼대기도 해요. 귀여운 이빨로 볼펜을 톡톡 건드리기도 하구요. 그러다가 어느 순간 무릎에서 내려가 난롯가에 떡 하니 자리를 잡아요. 그러곤 언제 그랬냐는 듯 종일토록 저에게 무심하지요.

매슈 아널드가 어머니에게 쓴 편지, 1870년 2월 21일과 1871년 11월 28일

고양이가 우리에게 왜, 그리고 어떤 식으로 애정을 표현하는지 설명해줄 수 있어? 책을 읽거나 글을 쓰거나 침대 위에 누워 있으면 타이버가 다가와서 자꾸만 발톱으로 건드려. 그다음 더 가까이 와서 내얼굴을 뚫어지게 바라보다가 갑자기 뾰족한 입을 내 턱 아래에 한두번 갖다대고는 물러나서 옆으로 한 번 구르지. 내 손을 달라고 해서기분 좋은 듯 고분고분 자기 머리를 기대는 거야. 그런 다음 열렬히가르랑대며 바라보고 또, 또…… 하여간 끝이 없지.

내 생각에 이것은 특별히 인간 연인들만을 위해 따로 비축해둔 사랑같아. 암고양이와 있을 때 타이버는 단지 목적을 달성하려 할 뿐, 우아하게 사랑을 표현하지는 않거든. 오히려 이것은 타이버가 어렸을때 어미 고양이가 했던 행동과 비슷해. 물론 먹이를 주기 전후로 아양이 최고조에 달하지. 하지만 타이버가 주는, 솜털처럼 보드라운사랑의 쾌감은 정말 근사해.

「데이비드 가넷이 실비아 타운센드 워너에게 쓴 편지, 1973년 6월 13일」, 『데이비드 가넷과실비아 타운센드 워너의 편지들』

……타이버는 널 사랑하기 때문에 애정 표현을 하는 거야. 게다가 타이버가 애무를 좋아하기도 하고. 고양이들은 정열적이고 관능적이야. 그들은 짝짓기에서 만족을 얻기는 해도 쾌락을 느끼긴 않아(암컷들은 짝짓기를 싫어해서 수컷에게 상처를 입히기도 해). 짝짓기에서 관능이나 감상을 찾기도 힘들지. 타이버는 너와 애무를 주고받으면서 즐거움을 느끼는 거야. 네가 사랑해주는 게 좋은 거지. 그리고 널 애무할 때 자기도 행복하다는 걸 잘 알아. 너희 둘이 잘 지낸다니 정말 좋다. 타이버가 바닥에 머리를 대고 구르지는 않니? 같이 잘 때 네 몸 위에 발을 올려놓기도 해?

우리는 톰이라는 짙은 회색 고양이(기질상 분명 노퍽 출신이었어)를 길렀던 적이 있어. 내성적이고 거만한 데다 요염했지. 중년이 되자 톰은 더는 한밤중에 배회하지 않고 내 침대 발치에서 잠을 자더라고. 어느 날 저녁이었어. 침대에서 책을 읽고 있다가 문득 눈을 들어보니 톰이 나를 뚫어져라 바라보고 있는 거야. 책을 덮고 가만히 톰을 마주 보았지. 내게서 눈을 떼지 않은 채 톰이 천천히 다가왔어. 잔혹한 걸로 유명했던 로마 황제 타르퀴니우스처럼 위엄 있고 매혹적인 걸음걸이였지. 그러고는 앞발을 슥 내밀어 내 뺨을 쓰다듬는데, 내가 자기 볼을 어루만지던 그 방식 그대로였어. 고양이가 사람을 쓰다듬기도 하는 거지. 그 순간 가르릉거리는 법을 모르는 나 자신이 어찌나 한심하고 무식하게 느껴지던지!

「실비아 타운센드 워너가 데이비드 가넷에게 쓴 편지, 1973년 6월 18일」, 『데이비드 가넷과 실비아 타운센드 워너의 편지들』

살면서 새로운 사람을 사귀지 않으면 머지않아 홀로 남겨질 것이다.
그러므로 인간의 우정은 끊임없는 쇄신이 필요하다.

제임스 보스웰, 『새뮤얼 존슨의 일생』

연인과 학자, 열정적인 이들과 점잖은 이들은
나이가 들수록 원숙해지고 고양이를 사랑하게 된다.
가정의 우상이자 상냥하고 원기 왕성한 애완동물을,
자신들처럼 외풍을 싫어하고 앉아 있기를 좋아하는 고양이들을.

누군가 자존심을 건드리면,
두려움이 깃든 조용한 구석에 박혀 있던
어둠을 사랑하는 이 쾌락주의자들은 얼마나 맹렬히
지옥의 전차를 타고 달려나오는가.

그들이 몽상에 빠진 모습을 보아라.
그들의 자태는 고독의 사막에 엎드려
아직도 꿈꾸는 스핑크스를 연상시킨다.

그들의 풍성한 허리는 마법을 감추고 있다. 자, 보라!
신비롭게 반짝이는 모래알처럼
그들의 눈동자에 깃든 작은 금조각을.

샤를 보들레르, 「고양이」

고양이는 이내 나와 친해졌다. 내 무릎 위로 뛰어올라 앞발을 들고
일어서서 관자놀이께 있는 머리카락을 잘근잘근 씹기도 했다. 안고
다녀도, 들어올려도 가만히 있었다. ……나는 아침식사가 끝나면 늘
고양이를 데리고 정원에 나갔다. 그러면 고양이는 저녁 무렵까지 오

이 덩굴 밑에서 사색에 잠기거나 낮잠을 즐겼다. 그 덩굴들 틈에서 좋아하는 먹잇감을 발견할 때도 있었다. 오래지 않아 고양이는 이 자유에 맛을 들여 정원에 나가 노는 시간을 이제나저제나 기다리게 되었다. 고양이는 내 무릎을 톡톡 치거나 도저히 다른 뜻으로는 해석하기 힘든 표정을 지으면서 정원에 나가자고 보챘다. 이런 방식이 통하지 않으면 아예 내 코트 자락을 물고 있는 힘껏 잡아당기기도 했다. 그러니까 이제 완전히 길들여진 것이다. 타고난 수줍음과 낯가림은 사라졌으며, 고양이들끼리 있을 때보다 사람들 사이에서 더 행복해하는 징후들이 분명 있었다.

윌리엄 쿠퍼, 『신사의 잡지』, 1784년 6월호

동물 최면이 맹수에게 미치는 영향을 규명하고자 여러 가지 조건을 고려한 끝에 다음과 같은 실험을 했다.

동물에 대한 나의 첫번째 최면 실험은 네 마리의 고양이들을 대상으로 5월 16일부터 10월 3일까지 간격을 두고 실시되었다. 첫 시도에서는 고양이들이 제각각 잠이 들었으나 나중에는 한 마리씩 차례대로 잠에 빠져들게 할 수 있었으며, 종국에는 한 마리만 남기고 세 마리가 동시에 잠들도록 할 수 있었다. ······제일 처음 최면에 걸렸던 톰이라는 고양이는 빠르고 강하게 최면에 빠졌다. ······목덜미를 잡아 들어올리고 이리저리 끌고 다니고 펜으로 귀를 간질이는 동안에

도 톰은 전혀 움직이지 않았다. 그때의 톰은 강경증 상태에 있었다고 할 수 있다. 머리나 꼬리를 들어올리면 톰은 눈을 게슴츠레 뜨긴 했지만 팔다리를 움직이지는 않았다. 그러다가 내려놓으면 다시 눈을 감고 잠에 빠져들었다. 자리나 자세를 바꾸려는 시도는 전혀 없었다.

존 윌슨 박사(미들섹스 병원의 의사), 『맹수를 대상으로 한 최면 실험』, 1839

8월에 나는 런던부터 가야 했다. 다가올 겨울에 대비해 캐서린의 외투를 사고 거기 수의사한테서 윙리도 데려와야 했기 때문이다.

나는 런던에 일주일쯤 머물다가 돌아왔다. 여행하는 동안 윙리에게 강아지처럼 목줄을 해서 끌고 다녔다. 윙리는 턱시도 무늬*를 가진 아름답고 위엄 있는 고양이다. 기차가 역에 설 때마다 프랑스 시골 사람들의 경탄 속에서 윙리와 나는 플랫폼을 왔다갔다했다. 단 한 가지 문제는 플랫폼에 흙이 없다는 점이었다. 보드랍고 멋진 윙리의 발로 긁기에 적당한 흙이…… 원래는 초목이었다고 아무리 설득해봤자 타르칠 한 플랫폼을 긁을 리 없었다. 내가 막 포기하려 할 때쯤 우리는 어떤 플랫폼 구석에서 자그마한 풀밭을 찾아내었다. 그제야 모든 일이 제대로 풀렸다.

---

* 등은 검고 배와 목덜미, 발만 하얀 것을 이르는 말

드디어 몬태나의 산장에 무사히 도착했다. 신하들이 최선을 다해 마련한 시골 저택을 자비롭게 받아들이는 왕과 같은 태도로 윙리는 산장에 자리를 잡았다. 눈의 계절이 돌아오자 윙리는 창가 캐서린의 자리에 앉아서 아래로 아래로 떨어지기만 할 뿐 다시 올라가지는 않는, 신기하고 커다랗고 하얀 물질을 바라보았다. 마치 중국인 관리처럼 고개를 아래위로 까딱까딱거리며…… 눈은 단단히 얼어 있었다. 윙리는 화장실 창문에 쳐진 커튼이 쉽게 열린다는 걸 알아내 얼른 밖으로 달려나갔다. 그리고 한참 후, 털에 얼음 조각을 대롱대롱 매달고 돌아오는 것이었다. 매일 밤 열시면 윙리는 털과 귀, 그리고 보드랍고 하얀 발을 윤기나도록 핥았다. 캐서린은 윙리가 단장을 끝낸 후에 모피 단추를 잘 여민 다음 한 손에 실크 중절모를 들고 밤 산책을 나간다고 했다.

아이다 콘스턴스 베이커, 『캐서린 맨스필드—L. M.의 추억』

우리 어머니는 신문에서 해빙기가 왔다는 일기예보를 보면 어깨를 으쓱하며 코웃음을 쳤다.

"해빙기라고? 그 파리 기상전문가들이 해빙기에 대해서 잘 알 리가 있나! 우리 고양이 발을 좀 보라구!"

추위를 느끼면 고양이는 발을 몸 밑에 집어넣고 눈을 꼭 감곤 했다.

"반짝 추위가 찾아오면 고양이는 꼬리에 코를 박고 터번처럼 몸을 말지. 그런데 추위가 더 심해지면 앞발을 오므려서 가슴팍 쪽으로 집어넣어. 그리고 있으면 꼭 토시를 끼고 있는 것처럼 보인다니까."

콜레트, 『우리 어머니의 집』

……아뇨, 저는 페르시아고양이는 기르지 않을 겁니다. 너무 많은 책임을 져야 하거든요. 공터를 배회하는, 따라서 제가 어떤 책임감을 가질 필요도 없는 떠돌이 고양이를 길러야겠어요. 이와 관련해서 클리포드 여관의 세탁부들이 완곡하게 표현하는 말이 하나 있습니다. 어떤 사람들은 '고양이를 잃어버리기 위해' 여기 온다는 거죠. 무슨 뜻이냐면, 고양이를 기르는 사람들이 자기 손으로 고양이를 죽이길 원치 않는 데다 내쫓을 방법도 모르기 때문에 여기 데려와서 울타리 안 잔디밭에 슬쩍 내려놓고는, 마치 고양이를 '잃어버린' 척하며 떠나간다는 거지요. 뭐, 이런 일이야 워낙 자주 일어나니까요. 저는 이미 제가 키우고 있는 늙고 가여운 고양이의 후임자를 골라놓았답니다. 작고 지저분한, 약간 술 취한 것처럼 뵈는, 가련한 새끼 고양이예요. 물론 그 새끼 고양이가 우유나 물보다 독한 뭔가를 마셨다고는 생각하지 않지만, 그 나이엔 우유나 물도 너무 많이 마시면 몸에 나쁜 법이죠. 아무튼 그 새끼 고양이는 취한 것처럼 보여요. 그래도 그 어린 것은 영리하고 쥐를 좋아하며 정도 많을 것 같은 인상이에요. 우리 집에 살게 되면 더욱 품위 있는 고양이가 될 거라 믿고 있습니다. 이왕 이렇게 된 거 한번 지켜봐야겠어요.

새뮤얼 버틀러가 새비지 양에게 보낸 편지, 1885년 10월 21일

거듭되는 불행과 재난,
자박자박, 덜컥덜컥, 자갈길 위.
태어난 지 육 주가 된 야옹 군,
배고프고 무섭고 더럽고 추워,
어미도 집도 저녁밥도 없지만,
초보자치고 영리하지.
황폐한 길가 작은 틈새에 앉아
지나가는 사람들을 살펴보지.
얼굴만 보아도 알 수 있지
새끼 고양이를 잘 돌볼 수 있는 사람을.
덩치 큰 경찰관, 괜찮지만 퉁명스러워―
안 되겠어―좀 거칠어 보이거든,
게다가 고지식하게
어디 보호시설 같은 데 던져넣을지도 몰라.
마음씨 고운 부인이 나타났어.
훌륭해, 하지만 스튜는 어떡하고?

네 명이나 되는 퉁퉁한 꼬마들이 먹어치우면
남는 게 없을 거야.
더구나 꼬마 녀석들이 야옹 군을 가만두지 않을 거야.
안 되겠어, 조금 더 기다려보자.
저기, 경비원이 오네. 오, 안 돼,
집이 없거든, 그에게는 초소뿐인걸.
군인, 선원, 에잇, 좋지 않아.
먹을 거라도 좀 던져주고 가지, 젠장.
앗, 맙소사, 비가 오잖아.
야옹 군, 조금만 더 버텨, 한 번만 더.

어! 저기 여자가 오고 있어, 바로 저 여자야!
그건 저 하늘의 태양처럼 분명한 사실이지.
야옹 군처럼 젊군,
그 순간 그는 이제 고생도 슬픔도 끝이라는 걸 알았지.
그녀의 모습에서 그는 읽을 수 있어
모든 걸 채워줄 여자라는 것을.
음식, 불, 침대―그는 하나하나 체크해보지―
살충제,
종합 감기약,
벨벳 장난감 쥐,
브러시와 빗, 그리고
교외에서 보내는 휴일,

혹은 외식으로 먹는 맛난 생선
그녀는 야옹 군을 제대로 들어올리고
늘 신중한 손길로 쓰다듬을 거야,
진짜 일급 엄마처럼
전혀 성가시게 하지 않으면서도 결코 방치하지 않을 거야.
그녀의 집에는 쥐들이 독차지하고 있는 빈방이 있는데,
놀랍게도 야옹 군은 그 사실까지 알아차리지,

앞으로 튀어나간 야옹 군은,
애처롭게 그녀를 올려다보며 운다네.
태어난 지 육 개월밖에 안 됐지만
인간의 마음을 사로잡는 기술이라면 이미 능숙하지.
꾀죄죄하고 겁에 질린 새끼 고양이의 모습은
숙녀의 동정심을 자아내기에 충분하지.
사랑의 말, 주고받는 키스,
그리고 그가 그녀에게, 그녀가 그에게 속해 있다는 것.
그가 아주 작고 약하기 때문에
그녀는 그를 뺨 가까이 끌어당겨 안고,
집으로 데려가지, 비바람을 헤치고.
다시는 밖에 내보내지 않겠지.

집에 도착해서 야옹 군은 알게 되지,
자신의 판단이 한 치도 틀리지 않았음을.
따뜻한 우유, 낡고 근사한 울 조끼,
야옹 군은 금방 더없이 행복한 잠에 빠져들었지.

그가 깨어날 즈음 털은 완벽하게 손질되어 있을 테지.
저녁이 오면 그녀는
풍성한 음식으로
그들의 사랑을 봉인할 거야,
그리고 침대에서 따스한 그녀의 가슴 가까이에
그의 영리한 머리를 누이도록 해줄 거야.

루스 피터, 「야옹 군」, 『루스 피터 시선집』

하노버 테라스를 방문하는 사람들은 누구나 카루소를 기억할 것이다. 카루소는 식사 때마다 고스의 옆자리에 앉았고, 고스가 서재에서 책을 읽거나 작업을 할 때에도 늘 함께 있었다. 벨의 친구인 뒤피양은 비평가처럼 예민한 귀를 지닌 고양이 덕분에 하프 실력이 향상되었다고 했는데, 고스는 카루소를 위시한 애완 고양이들한테서 신경증을 완화시키는 진정제를 얻어냈던 것 같다. 침착하고 초연한 태도, 폭신폭신한 발과 소리 없는 걸음걸이, 칠흑 같은 검은 털에 꼭 어울리는 초록빛 눈, 그 눈동자에 깃든 고요한 시선. 이 모든 것들이 평정을 전해주고 불안을 가라앉혀주었으리라. 카루소가 옆에서 가르랑거리고 있으면 고스는 좀더 친밀하고 조용조용히 사람들과 이야기를 나눌 수 있었을 것이다. ……고양이에 대한 에세이에서 고스는 무함마드의 일화를 전한다. "어느 날 경건함이란 무엇인가라는 질문을 받은 예언자는, 소맷자락에서 잠든 고양이를 깨우기보다 그 소매를 잘라버리는 것, 그것이 바로 경건함이라고 말했다." 현대 복식 조건상, 무함마드처럼 할 수는 없었겠지만 그 자세만은 고스도 깊이 공감하여 카루소가 한껏 게으름을 피우고 있을 때 방해하지 않으려 했던 것 같다. 고양이와 흰 쥐를 동시에 사랑했던 테오필 고티에와는 달리 고스의 애정은 오로지 고양이만을 향해 있었다. 샤토브리앙, 빅토르 위고, 보들레르, 그리고 생트뵈브처럼.

에번 차터리스 경, 『에드먼드 고스 경의 삶과 편지들』

우리 증조할아버지는 그림에 재능이 있었다. 색채를 사랑하셨고 색에 대한 타고난 감각이 있었다. 보통 사람들 눈에는 결코 보이지 않는 색깔도 능히 감지해낼 수 있었다. 남들에게는 그저 회색이나 녹색 덩어리일 뿐인 것도 할아버지 눈에는 선명하고 미세한 색조들의 근사한 조합으로 보였다. 그는 다양한 색채로 이루어진 자연에서 무수히 많은 밝은 선들을 하나하나 구별해냈다. 내 생각에 그것들은 제각각 할아버지에게 기쁨을 선사했을 것이다.

할아버지는 예술적인 기질이 있는 하얀 페르시아고양이를 길렀다. 그 고양이는 할아버지 뒤를 졸졸 쫓아다녔고, 할아버지의 안락의자 뒤에서 꾸벅꾸벅 졸았으며, 할아버지의 차가 적당한 온도로 식으면 얌전히 나눠 마시기까지 했다. 저녁식사로 생선 요리가 나올 때를 제외하곤 절대 흥분하는 일이 없는 고양이였다. 할아버지의 금식일이 고양이 토마스에겐 잔칫날이었다.

지금도 또렷이 기억나는 한 장면이 있다. 할아버지가 뒷짐을 진채 자그마한 포도밭을 느릿느릿 걸어가시고 그 뒤를 토마스가 조용히 따라가던 모습. 할아버지는 때때로 이파리 없는 나무들(그 봄 햇

살 속에서, 그 풍경은 할아버지에게 단순한 갈색이 아니라 훨씬 더 복합적이고 아름다운 색으로 보였을 것이다) 뒤로 펼쳐지는 미묘한 청회색 안개를 바라보기 위해, 또는 화단에서 무릇꽃의 푸른빛을 찬탄하며 한잔 하기 위해 걸음을 멈추곤 했다. 할아버지가 멈추면 토마스도 멈춰 섰다. 자기도 그 풍경을 즐긴다는 듯 할아버지 다리에 머리를 부비고 몸을 쭉 펴면서…… 엘리자베스가 생선 요리를 하고, 증조할머니가 차를 끓이며 꽃을 꽂을 무렵이면, 그들은 함께 돌아와 겸허히 아침상을 받곤 했다. 그럴 때 그들 주위에는 같은 공기가 감돌고 있었다. 그것은 인생에 대해 어떤 책임감도 없으며 그저 햇빛이 잘 드는 장소를 찾고 삶을 즐기는 자들만이 풍기는 분위기였다.

줄리아나 호라티아 유잉, 『여섯 살에서 열여섯 살까지』, 1875

그가 없는 집은 완전하지 않고 축복에도 그 정수가 빠져 있기에
모세가 백성을 이끌고 이스라엘로 향할 때 주님이 특별히 고양이를
언급하셨기에
모든 가정에 적어도 한 마리의 고양이는 있기에
영국 고양이가 유럽에서 제일 훌륭하기에
네발짐승 중에서 앞발을 가장 깨끗이 쓰는 그이기에
빈틈없는 방어술은 그에 대한 신의 사랑을 증명하기에
어떤 생물보다도 빨리 자기 영역을 찾기에
여간해서는 자기 고집을 꺾지 않기에
진지함과 익살스러움이 공존하는 그이기에
신이 자신의 구세주임을 잘 알기에
그의 휴식, 그 순간의 평화보다 더 달콤한 것은 없기에
움직이고 있는 그보다 눈부신 것은 어디에도 없기에

크리스토퍼 스마트, 『그리스도 안에서 기뻐하라─베들레헴의 노래』

나가는 말

책을 내기까지 여러 제안과 도움, 격려를 아끼지 않았던 그리젤다 루이스와 존 커맨더에게 진심 어린 감사의 뜻을 전한다. 우리 세 사람은 한 종족에게 완전히 마음을 빼앗겼다. 이 책은 그 종족에게 바치는 작은 경의의 표현이다.

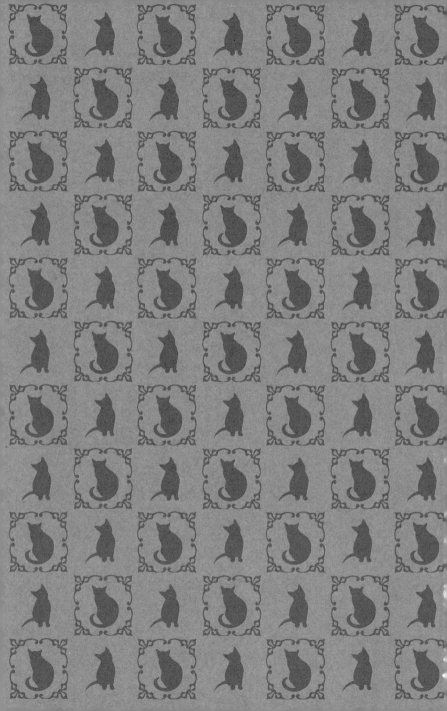